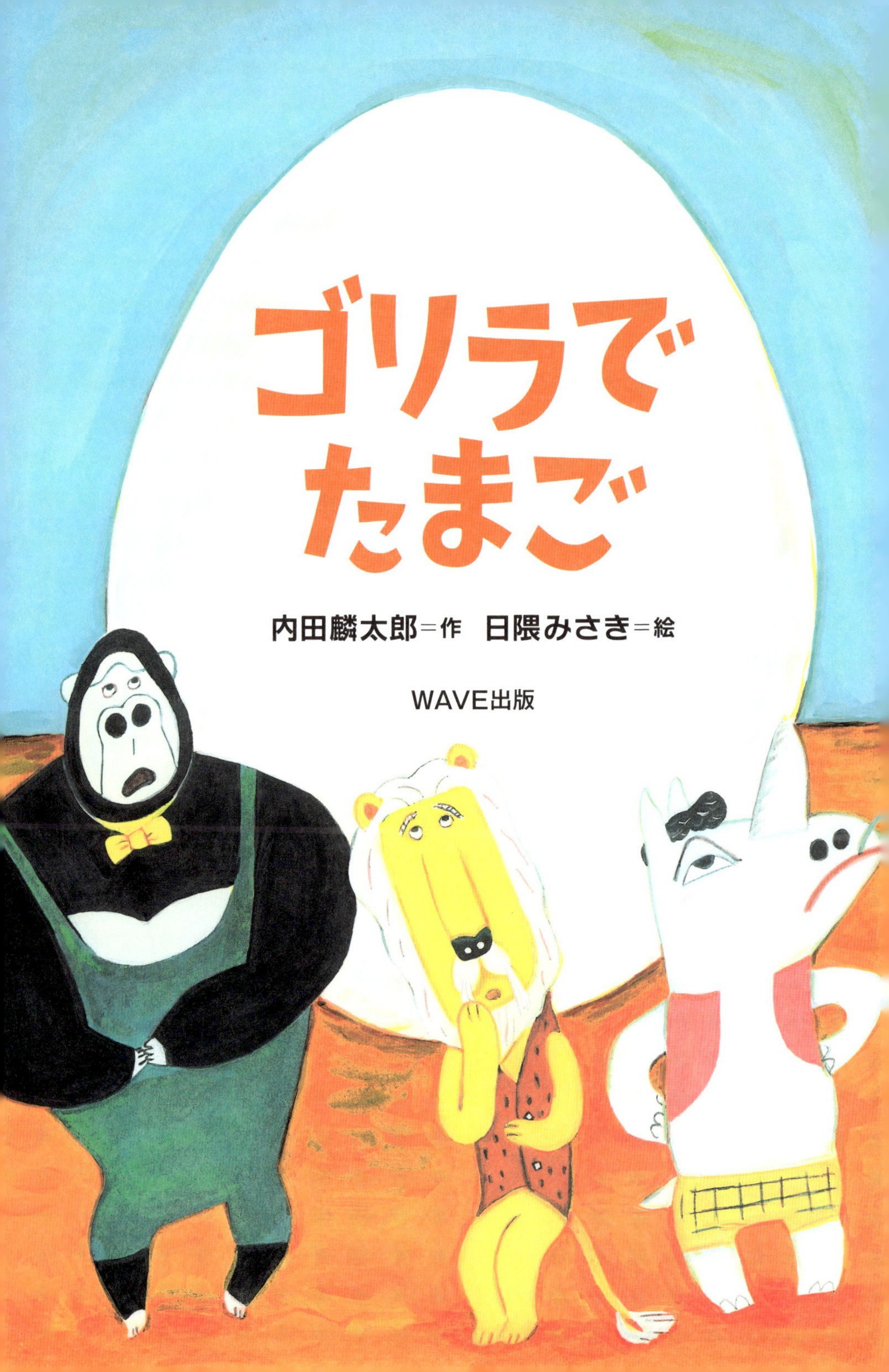
ゴリラでたまご
内田麟太郎＝作　日隈みさき＝絵
WAVE出版

たまたま　たまご

くもひとつない　いいおてんきです。
ライオンのおじいさんは、へたこん　へたこんと
さかみちを　おりていきました。
そして、モグラあなを　すぎたところで、
「なんだい？」
と、目《め》を　こすりました。

さかの　いちばん　さがったところに、しろくて
でっかいものが　見《み》えたからです。
目《め》を　こらすと、大《おお》きな　たまごでした。
カバよりも　大《おお》きそうです。

（おいおい、なにが　おこるんだい？）
ライオンのおじいさんは、そよらっと　よっていくと、
たまごに　たずねました。
「あなたは、なんの　たまごなの？」

すると、たまごは　おもいがけないことを
いいました。
「ゴリラ」
「えっ？」
びっくりして　よろける
ライオンのおじいさんに、
たまごは　また　いいました。
「ゴリラ」
うーん。

ライオンのおじいさんは
くびを　ひねりました。
ゴリラといえば、
サルの　おうさまです。
サルが　たまごから
うまれたなんて
きいたことはありません。
きっと　からかわれているのでしょう。

ライオンの　おじいさんは、　わらいたいのを　がまんして、　また　たずねました。

「ほんとうは、　なんの　たまごなの？」

「なんの　たまごだって！　おれは　たまごなんかじゃない！　ゴリラだ」

たまごは　かんかんに　おこりました。　といっても、　こえだけですけど。

（まいったねえ）

ライオンの　おじいさんは　くびを　すくめました。

こうなったら、「ゴリラさん」と
よぶしかないようです。
「それでは、ゴリラさん。あなたを　うんだ
おかあさんは、どこの　どなたなのかな？」
まさか、ダチョウや　ワニではないでしょう。
どちらも、こんなに　大《おお》きな　たまごは
うみませんからね。
「しらん」
たまごは、めんどうくさそうに　いいました。

「では・・・」

「なんだ」

たまごは、ぶうたくれごえで　ききかえしました。

「おかあさんは、キョウリュウさんじゃないのかな？」

「ちがう」

「どうして？」

「どうしてって、おれは、たまたま

たまごになっている　ゴリラだからだ」

「たまたま？」

「そうだ、　たまたま　たまごだ」

たまたま　ゴリラ

そこへ、たまたま　ゴリラが
ぬんと　ぬんとと　あるいてきました。
「こんにちは、ゴリラさん」
ライオンのおじいさんは、ていねいに
あたまを　さげました。
「やあ、これは　これは

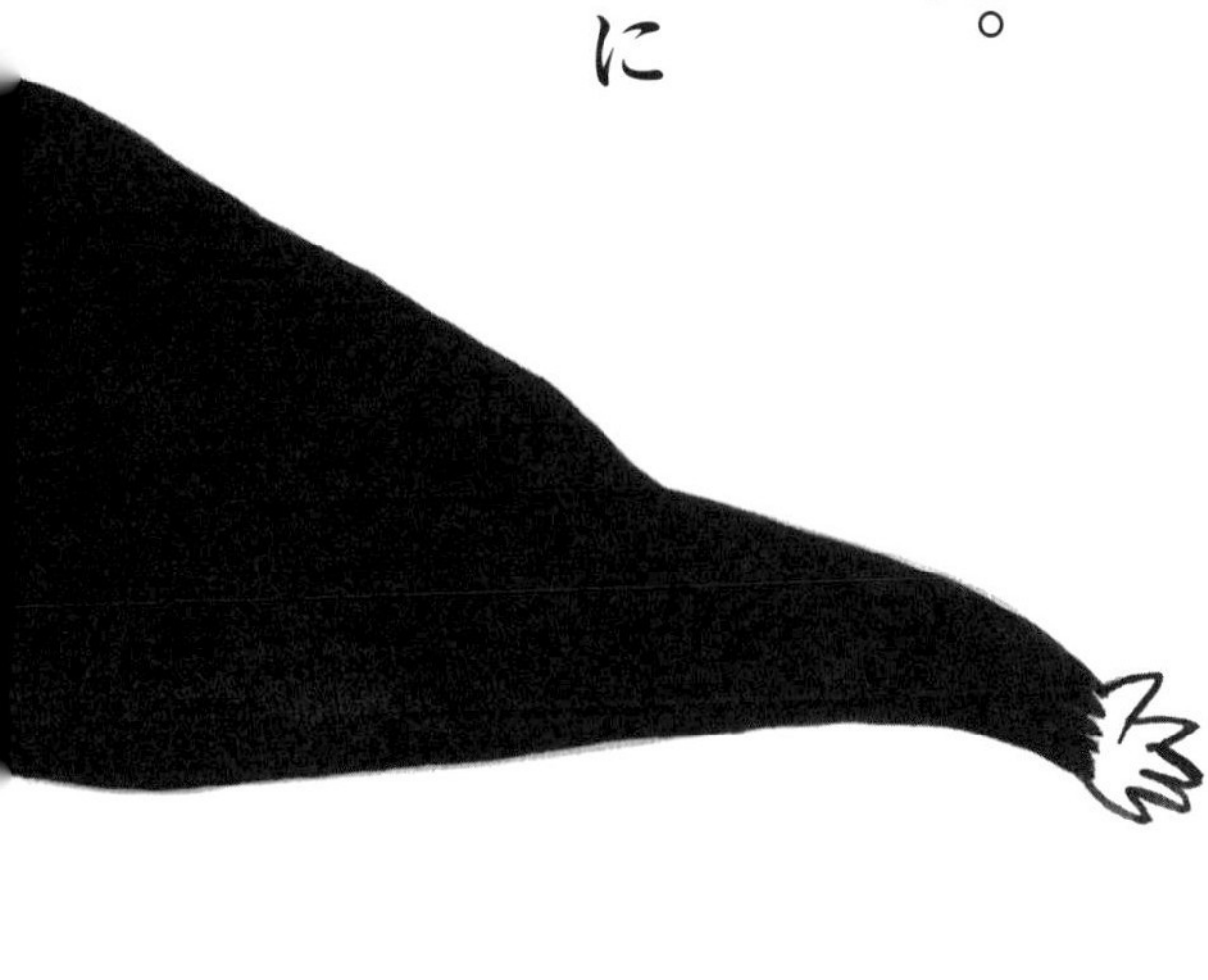

ライオンさん、こんにちは。
それにしても　こちらさんは
また　でっかい
たまごですなあ。
うん、まことに　おみごとだ」
ゴリラは、あきれたように
うでを　ひろげました。

「いいえ、これは　たまごではないんですよ、ゴリラさん」

ライオンのおじいさんは、たまごには　きこえないひそひそごえで　いいました。

「たまごではない？　ともうしますと……、つまり、その、こちらは、いま　はやりの　石《いし》の　ちょうこくでございますかな？」

「いいえ、これは……」

「こ、れ、は？」

「ゴ、リ、ラ、さんです」

「ゴ、ゴリラ！」

へな、へな、へにょ～ん。

ゴリラは、がらにもなく　しりもちを　つきました。

「すると、いま　ここにいる　ぼくは、いったい、どこの、だれでしょうか？　もしかしたらコリラでしょうか？　それとも　ゴリラのなごりでしょうか？　なごりの　のこりでしょうか？」

ゴリラの　目《め》は、いまにも　なきだしそうでした。

「いいえ、そんなことは
ありませんよ、ゴリラさん。
あなたは　りっぱな
ゴリラです。
そして　こちらも・・・・」
「おなじ・・・・」

ゴリラは、じぶんの目《め》を
ごしごし　こすりました。
でも、いくら
こすっても、
たまごは
たまごにしか
見《み》えません。

「わからん、わからんが……」
ゴリラは、ふかい ためいきを つきながら、
やっとこさ おきあがりました。
それから、こわごわと たまごに ききました。
「あの〜、あなたも、やっぱり、はっぱや はちみつや
きのこが 大《だい》すきな、森《もり》の
ゴリラでございましょうか？」
「そうだ、ゴリラだ。ただし、いまは はっぱも
はちみつも きのこも たべられない たまたま

たまごだがな。それが　どうかしたのか」

たまごは、すこし　いばって　いいました。

「いいえ、いけないなどとは・・・」

ゴリラは、うつむきました。

きのよわい　せいかくなのです。

たまたま　サイ

そこへ、たまたま　サイが　とっしんしてきました。

「目《め》ざわりもののめ！　どけ、どけ、どけーっ！」

「あぶなーいっ」

ライオンのおじいさんも　ゴリラも
とびさがりました。

ど、ど、ど、ど。

がつーん。
サイは、かたから　たまごに　ぶちあたりました。
でも・・・。
たまごは　びくともしませんでした。
それどころか、サイを　空《そら》へ　はじきとばしました。
くる、くる、くる。
サイは、空《そら》で　三かいまわり、どてりと　じべたへ
おっこちました。
「・・・こ、これは　なんなのだ？」

おきあがった　サイは、よろよろと　ゴリラに
もたれかかりました。
「これは・・・・」
ゴリラは、いいかけて　口《くち》を　つぐみました。
とても「ゴリラです」なんて　いえません。
もし　そんなことといったら、いくら　よろけている
サイでも、ゴリラを　ぶんなぐるでしょう。
「おれを　ばかにするのか！」と。
おこった　サイほど　うるさいものはいません。

ここは、ライオンのおじいさんの　でばんでした。

「これはねえ、サイさん。じつは・・・」

そこまで　ライオンのおじいさんが　いったときです。

たまごが　かわいいこえで　いいました。

「あたい、ウサギだよ」

ライオンのおじいさんも　ゴリラも、あんぐりと
口《くち》をひらきました。

いいえ、ゴリラに　もたれていた　サイも、
ずるずると　しゃがみこみました。

「お、おれ、いま、なにを　きいたんだ。ウサギって
いったか？　ウサギって　シラサギじゃないよな、
ゴリラ」
「うん、ちがいますなあ。シラサギは
アオサギでございますから」
ゴリラも、あたまが　こんがらがっているようです。
（しょうがないねえ）
ふたりに　かわって、ライオンのおじいさんが
たまごに　たしかめました。

「あなたは　ゴリラではなかったの？」
「そう、さっきまでは　たまたま
ゴリラだったけどね。いまは　もう
ゴリラじゃないのよ。あたいは　ウ、サ、ギ」
「たまたまのかい？」
「そう、たまたまの、ね」
「ふーん。つまり　きみは、その、なんというのか、
たまたま　なんにでも　かわれる　たまごなんだね。
ということは、これからも、また　なにかに

かわるかもしれないんだね」
「そんなの、しらないわ。だって、あたいが
なりたくて　なったんじゃないもん」
たまごは　ちょっぴり　すねました。

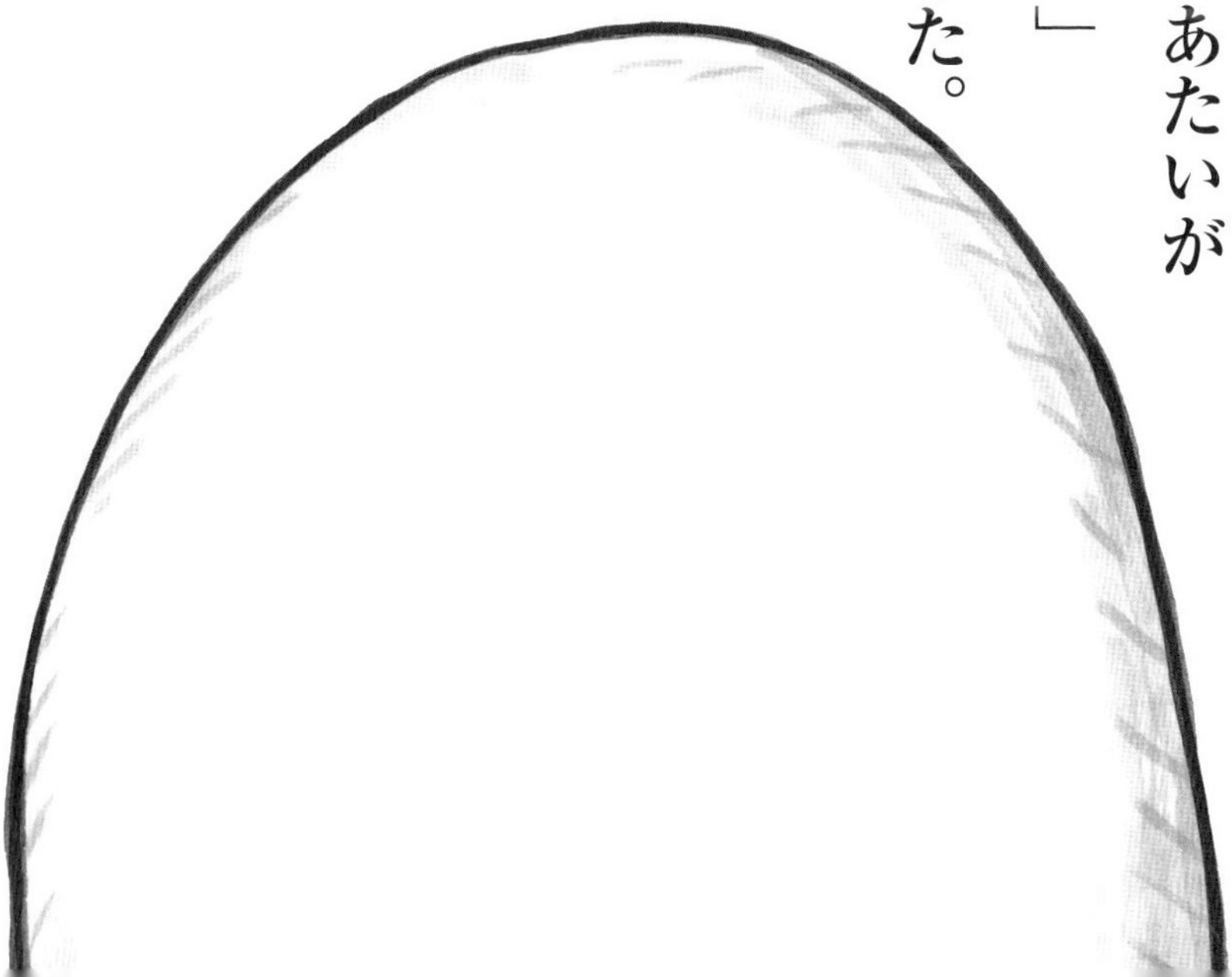

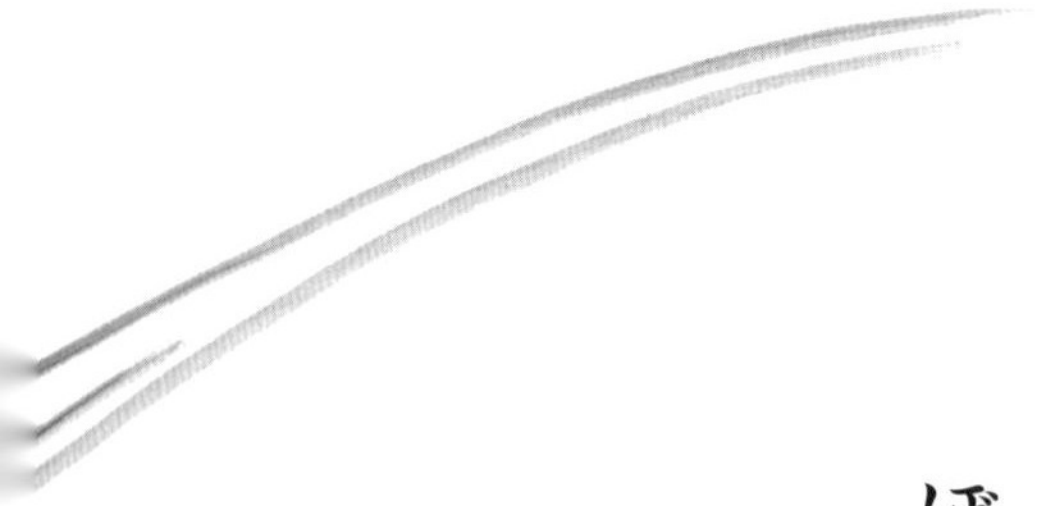

そのときです。
いきなり　空《そら》から　ぼうが　ふってきました。
ぶーん。
ごつーん。
ぼうは、いきおいよく　たまごに　ぶつかりました。

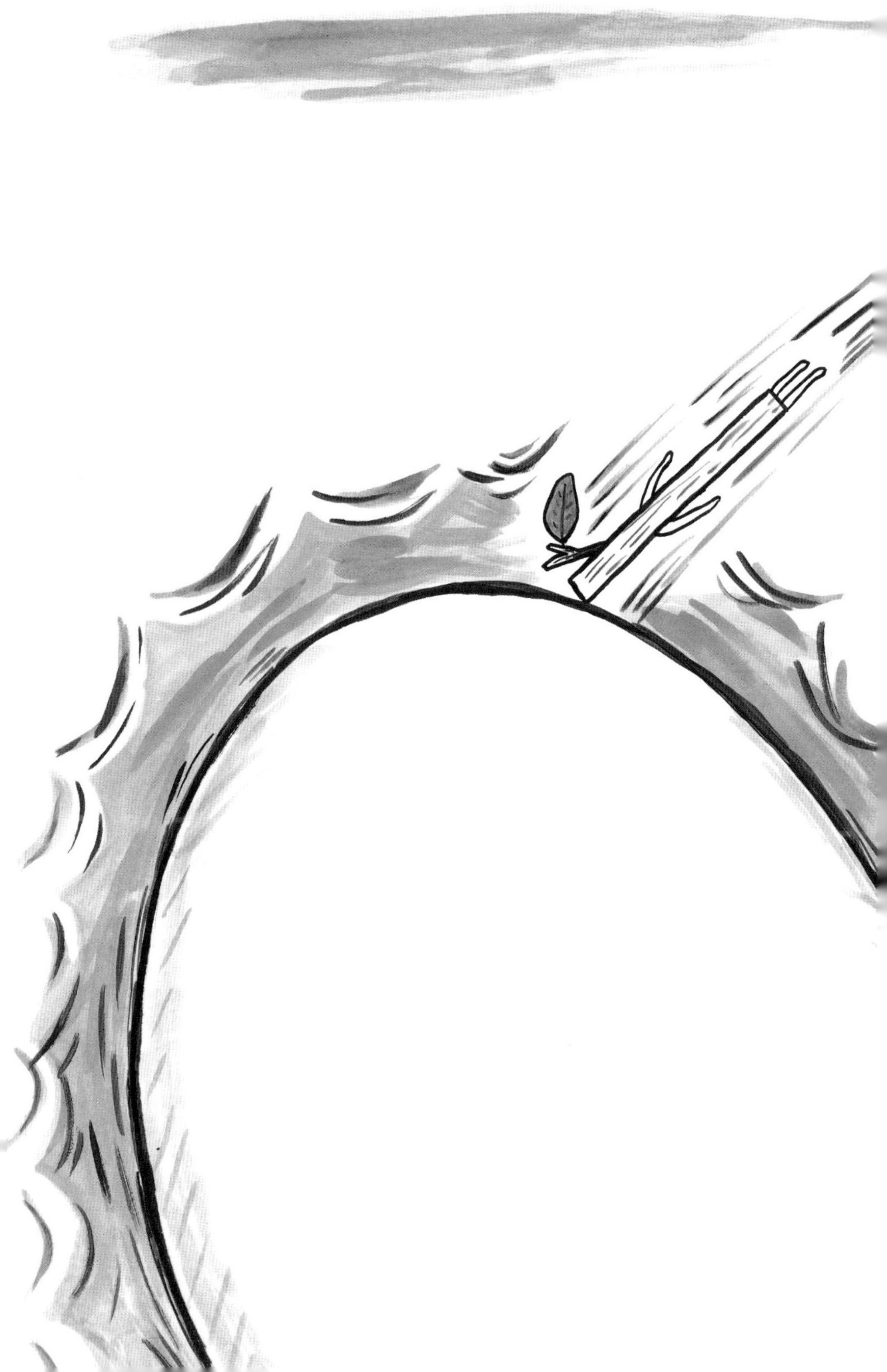

「いた～いっ」

たまごは　ひめいを　あげました。

いいえ、ぼうを　どなりつけました。

「なによ。やぶからぼうに　ぶつかってきて！」

すると、ぼうは　ゆっくり　おきあがりながら、
おちついたこえで　いいかえしました。

「これは、これは、おじょうさん。わたしは、
やぶからぼうではありません。空《そら》からぼうです」

「……空《そら》から」

たまごは、しゅんとなりました。

それにしても　へんなことばかり　おこります。
いいえ、また　おこりました。
空《そら》を　見《み》あげていた、ゴリラと　サイが、いっしょに
ひめいを　あげました。
「た、たまごー！」
あわてて　ライオンのおじいさんが　空《そら》を
見《み》あげると……。
大《おお》きな　たまごが　ふたつ、ふわら　ふわらと
おりてきていました。

もちろん、カバよりも　大《おお》きな　たまごです。
（こ、わ、す、ぎ、ま、す）
ライオンのおじいさんは、ゴリラと　サイを
つつくと、いっせいに　にげだしました。
「へんですよー、へんですよー」
そんな　三にんを　おっかけるように　大雨《おおあめ》が
ふりだしました。
だー、だー、ざー。
とんでもない　大雨《おおあめ》でした。

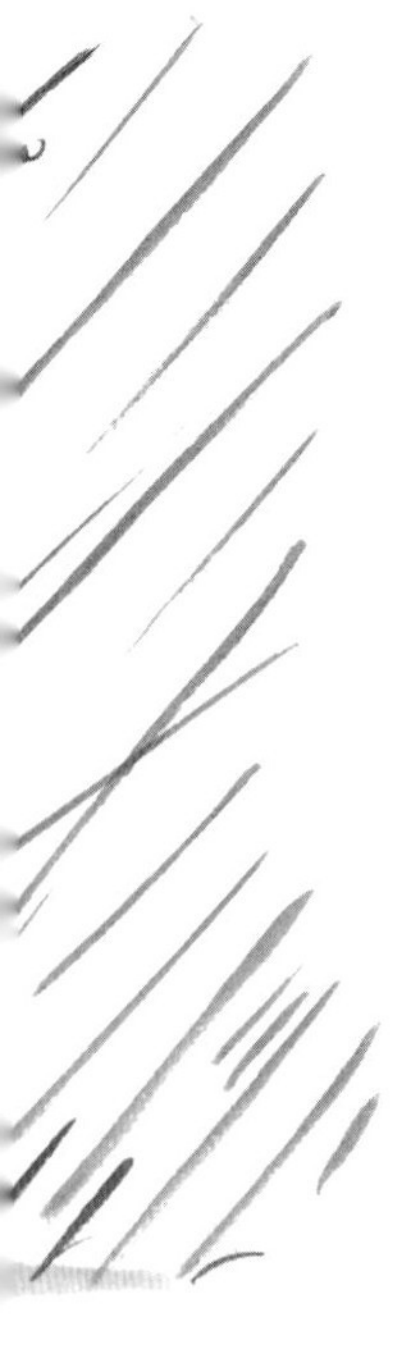

たまたま　たまりみず

つぎの日《ひ》の　あさ。
ライオンのおじいさんは、　たまごを
見《み》にいきました。
ゴリラと　サイも　いっしょです。

「それでは、でかけましょうか」

三にんは　さかを　おりかけ、ぎくっと　足《あし》が
とまりました。

「……池《いけ》」

さかのしたは　大《おお》きな　池《いけ》になっていました。

きのうの　大雨《おおあめ》が　たまったのでしょう。

池《いけ》には、でっかい　たまごが　三つ、ぷか～んと
ういていました。

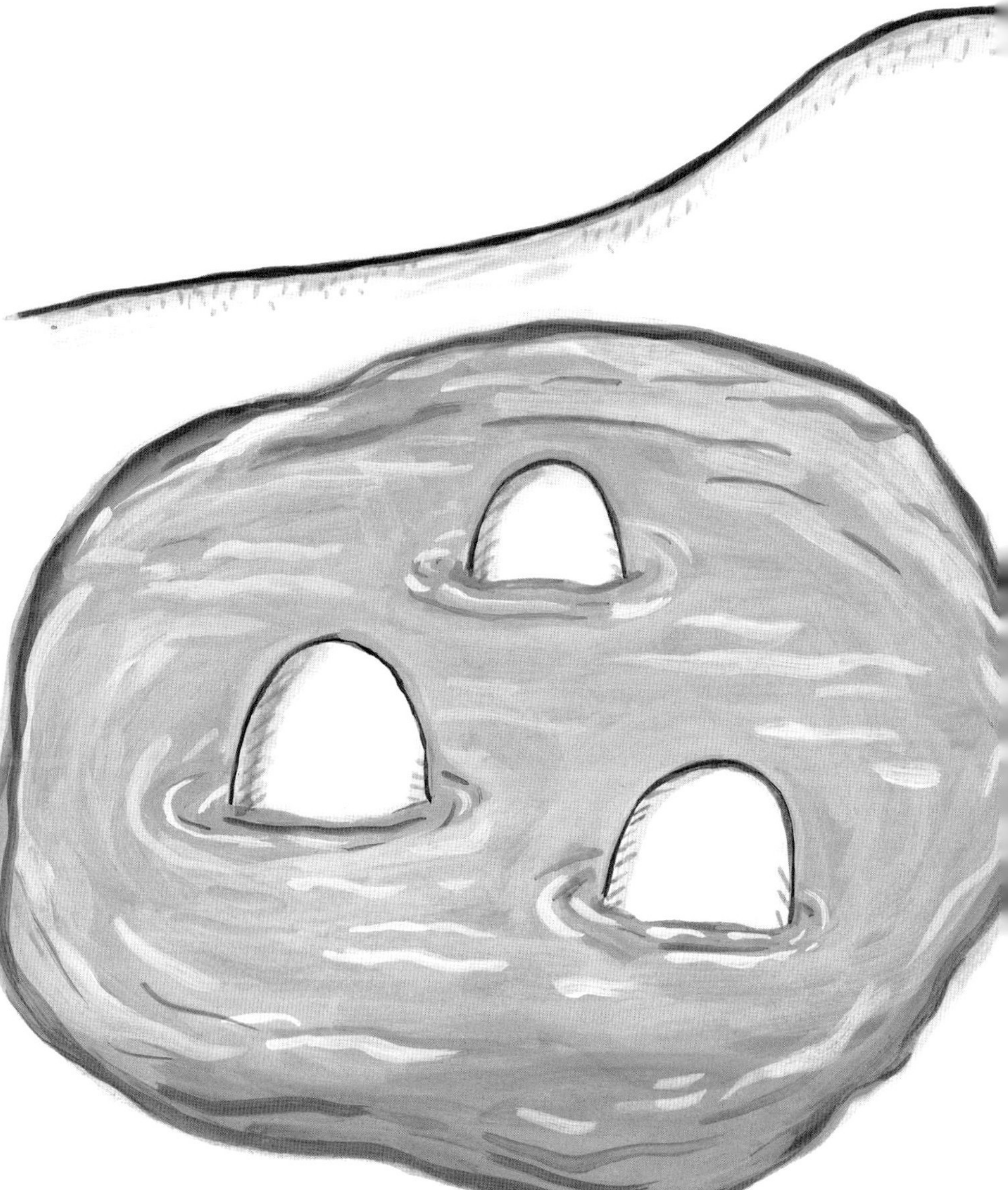

「ど、どうしましょうか？　三つでございますよ」

ライオンのおじいさんは、おどおどごえで　ふたりに
ききました。

「どうしましょうかと　きかれましても」

ゴリラも、こまったように　うでぐみしました。

サイも、かんがえるように　目《め》を　つぶっています。

みんな　こわかったのです。

三つの　たまごから、いきなり
見《み》たこともないものが、ぐわーっと　おそってきたら。

「きょうは　ここから、
じっくりと　かんさつだ。
じっくりとな」
サイが、目《め》を　つぶったまま
おもおもしく　いいました。
「うん、それが　よろしいですね」
ライオンのおじいさんも、
サイに　さんせいしました。
ゴリラも　うなずきました。

三にんは、くさに　ねそべり、
池《いけ》を　見《み》おろしました。
雨《あめ》あがりの　空《そら》は、
ちっちゃな　くもが
ひとつだけ。
なんだか　ピクニックに
きたみたいです。

「のどかですなあ、ライオンさん」

「いかにも　のどかですなあ。ところで　ゴリラさん。きょうの　たまごの　たまたまは、なんだと　おもわれますか」

「さあ、こればかりは。なにしろ　たまたまですから。カナリアかもしれませんし、ハイエナかもしれませんし……。どうです、サイさんの　おかんがえは」

「フンコロガシ」

サイは、ぶっきらぼうに　いいました。
「フンコロガシねえ」
それが　おかしくて、ライオンのおじいさんが
くすっと　わらったときです。

三にんのそばを、　なにかが　かけぬけていきました。
た、た、た、た、た。
チンパンジーの　こどもたちでした。
「たまごだ、たまごだ、でっかいたまごだー！」
三にんが　とめるまもありません。
こどもたちは　いっきに　さかを　かけくだり、
そのいきおいのまま　池《いけ》に　とびこみました。

ぼちゃーん、ぼちゃーん、ぼちゃーん。

「あ、あ、あ、あ、あ」

三にんは　はねおき、さかを　かけくだりました。

「こ、こどもたちが！」

だぼーん。

三にんは　どうじに、池《いけ》へ　とびこみました。

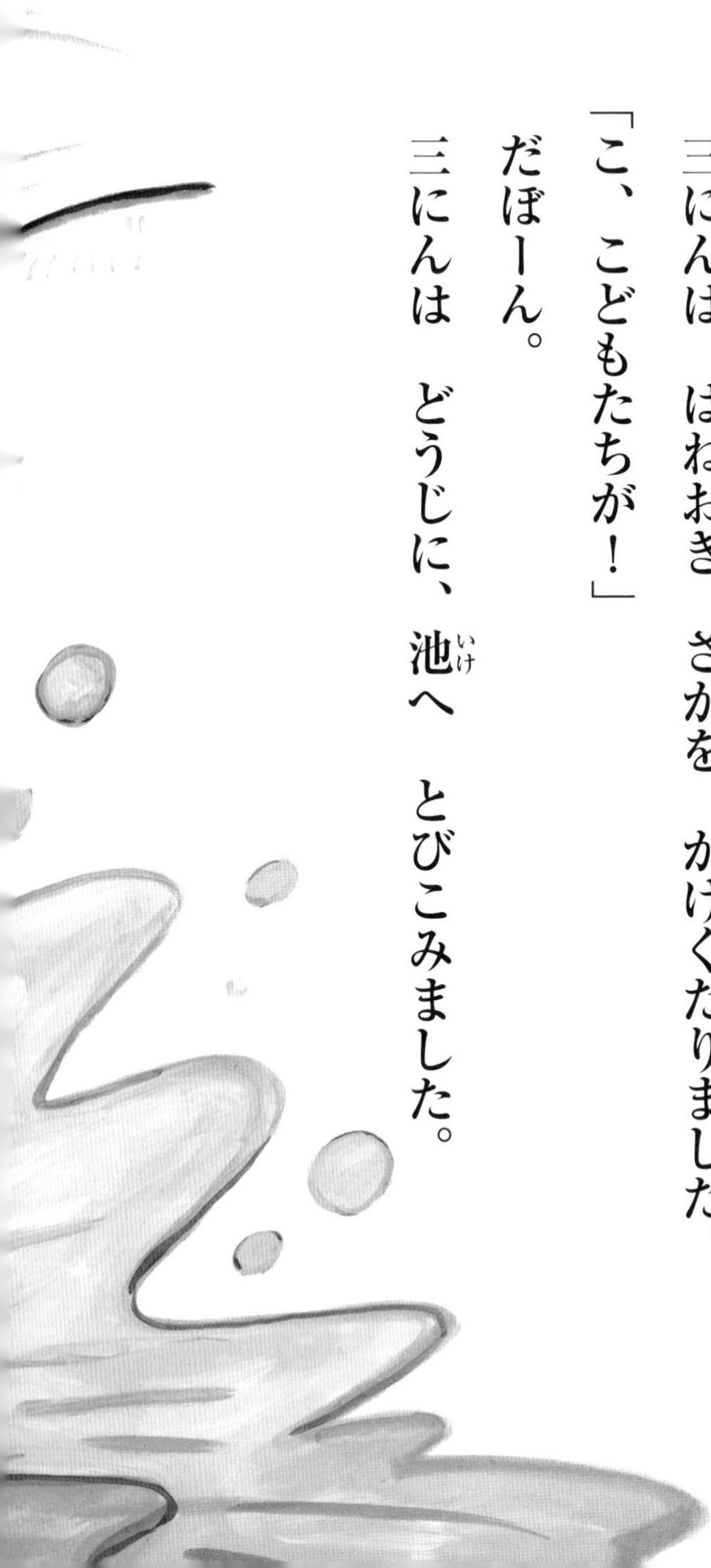

たまたま　ぎゃふん

こどもたちは、たまごに　きいていました。
「ねえ、ねえ、たまごさん、たまごさん。
たまごさんは、なんの　たまご？」
どのたまごも、ちょっと　ふきげんなこえで
こたえました。
「たまごじゃなくて、フンコロガシ！」

「きゃはははは。フンコロガシだって」

こどもたちは　ちっとも　おこるどころか、

たまごを　なでながら

さらに　ききました。

「ねえ、ねえ、フンコロガシさん。なにの　ふんが
いちばん　いいにおい？」

「ぎゃふん」

「きはははは。じゃ、いちばん　くさいのは？」

「サイ」

「くくくくく」

こどもたちは　わらいが　とまりません。

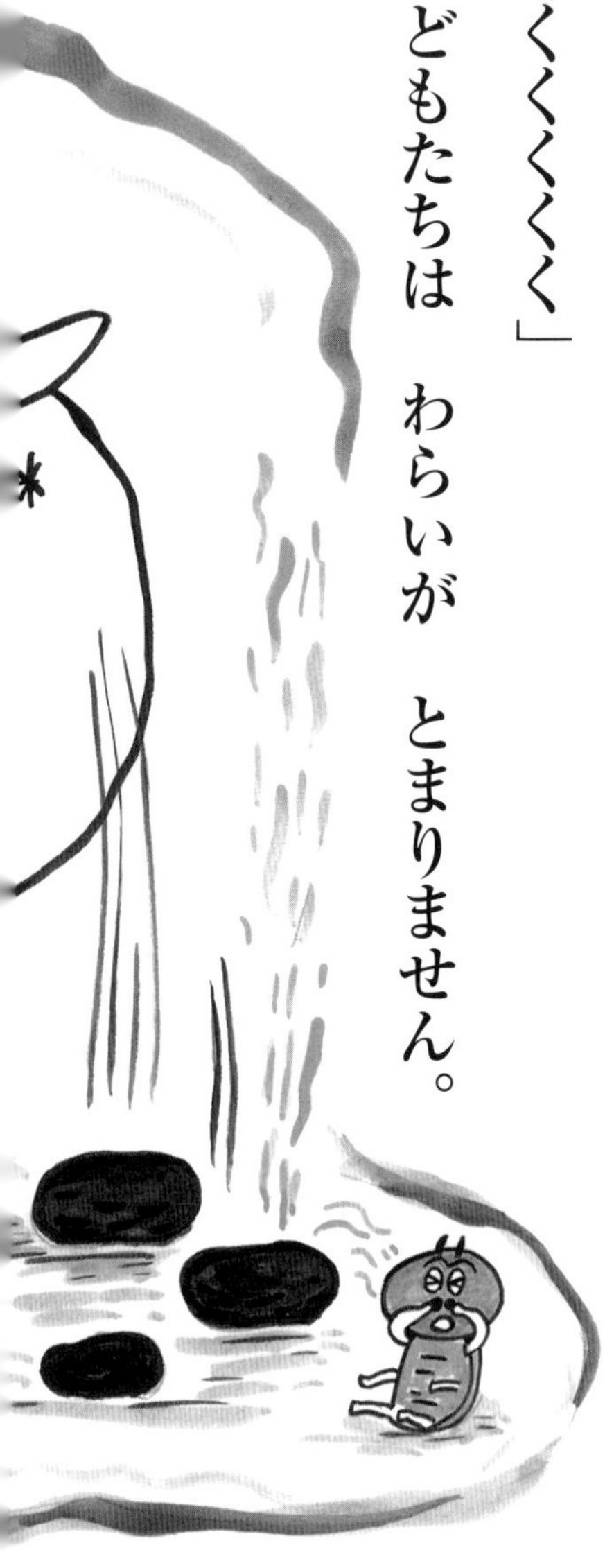

いつのまにか、池《いけ》は　こどもたちで
いっぱいになっていました。

ゾウのこども。シマウマのこども。ワニのこども。

ペリカンのこどもも　いました。

「ねえ、ねえ、いまの　たまごさんは　だーれ？」

「ダンゴムシ」

こどもたちは　また　大《おお》わらいです。

「かないませんなあ、こどもたちには」

ライオンのおじいさんは、ぬれた　あたまを
なでながら　目《め》を　ほそめました。

「まことに、そのとおりで」

ゴリラも、かおを　あらいながら　うなずきました。

「ふん」

サイだけが　すねています。

どうやら、たまごが　いきなり
おそってくることはなさそうです。

たまたま　カエル

つぎの日《ひ》の　あさ。
池《いけ》を　かこんで、こどもたちは
しょんぼりと　うなだれていました。
たまごが　しくしく
ないていたからです。
いいえ、たまごは、

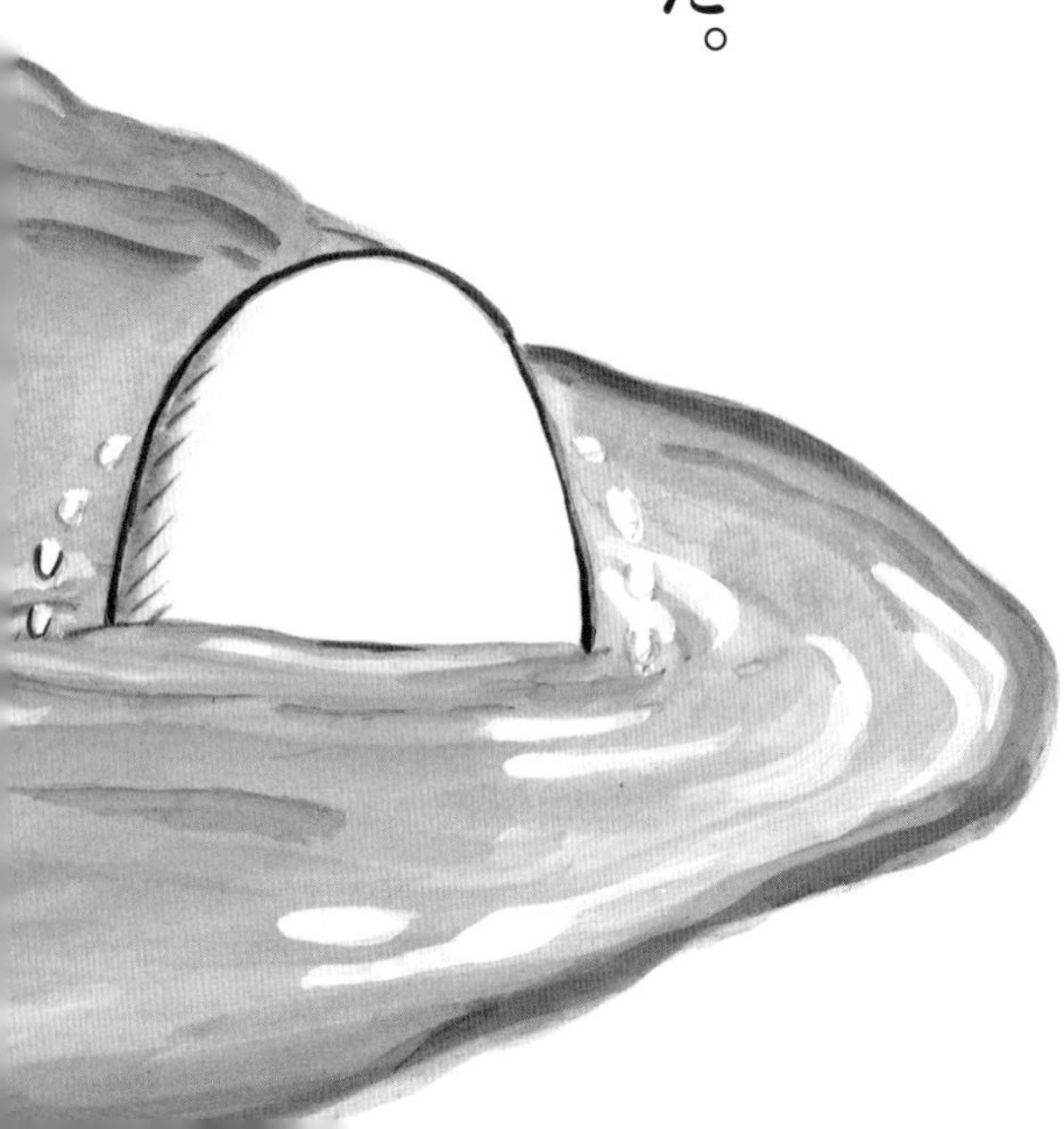

「おかあさーん」
「おとうさーん」
と、ないていました。
「おうちへ　かえりたいんだ」
つぶやく　チンパンジーの
こどもは、みんな
なきべそでした。

「空《そら》の　おうちへ　かえりたいのよ」
ゾウの　こどもも、
めそめそと　なきだしました。
「かえりたいと
いわれてもねえ」
ライオンのおじいさんは
空《そら》を　見《み》あげました。

どうやれば、でっかい　たまごが　空《そら》へ
のぼっていけるでしょう。
「まいりましたねえ。たまごは　むかしから
こどもだったことを、すっかり　わすれていました」
ゴリラも　しょんぼりごえで　いいました。
「バッカヤロー」
なにもしてやれない　じぶんが
くやしかったのでしょうか。
サイは、いきなり　池《いけ》へ　石《いし》を　けとばしました。

ばしゃーん。
カエルが　おどろいて　いっせいに
なきだしました。

けろ、けろ、けろ。
けろ、けろ、けろ。
すると、どうしたことでしょうか。
まるで　それが　あいずだったように……。大《おお》きな
たまごが、ふわら　ふわらと　空《そら》に
のぼりはじめました。
どの　たまごにも、ウシガエルが　いっぴき、
ちょこんと　すわっています。
「カエル！　カエル！」

「空《そら》へ　かえる！」

たまごが　空《そら》へ　かえっていきます。

こどもたちは、ぴょんぴょん　はねながら、手《て》を
ふりました。

「また、きてねー」

「また、きてねー」

たまごは　こっくり　うなずいたようでした。

「サイさんの　おかげですねえ」

ライオンのおじいさんと　ゴリラが　ほめると、

サイは　ぶうたれ顔《がお》で　いいました。

「うるさい！」

てれやさんのようです。

たまたま　またまた

つぎの日《ひ》の　あさ。
ライオンのおじいさんが　池《いけ》へ　いくと、池《いけ》の
まんなかに、ぷか〜んと　いわが　うかんでいました。
（し、しんじられません！）
いわが　水《みず》に　うかぶなんてことが
あるでしょうか。

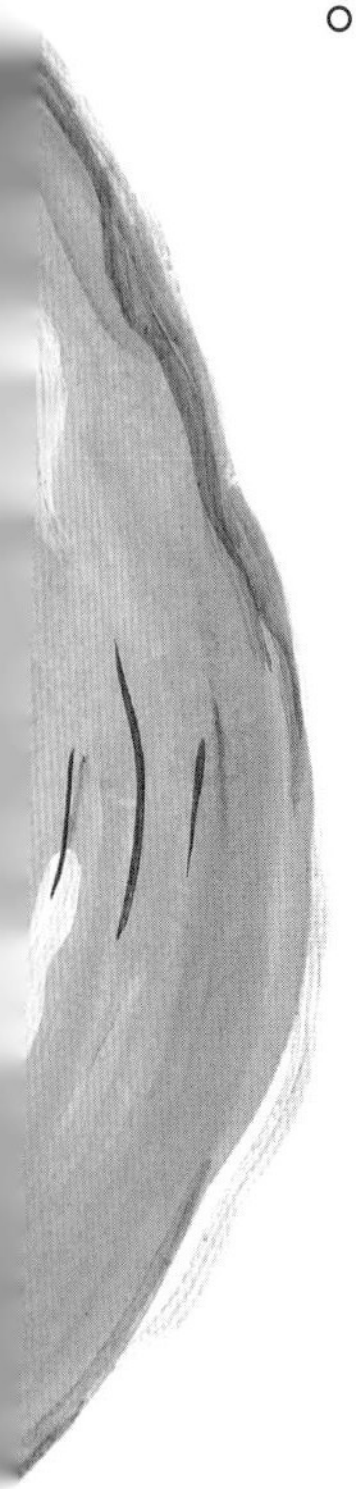

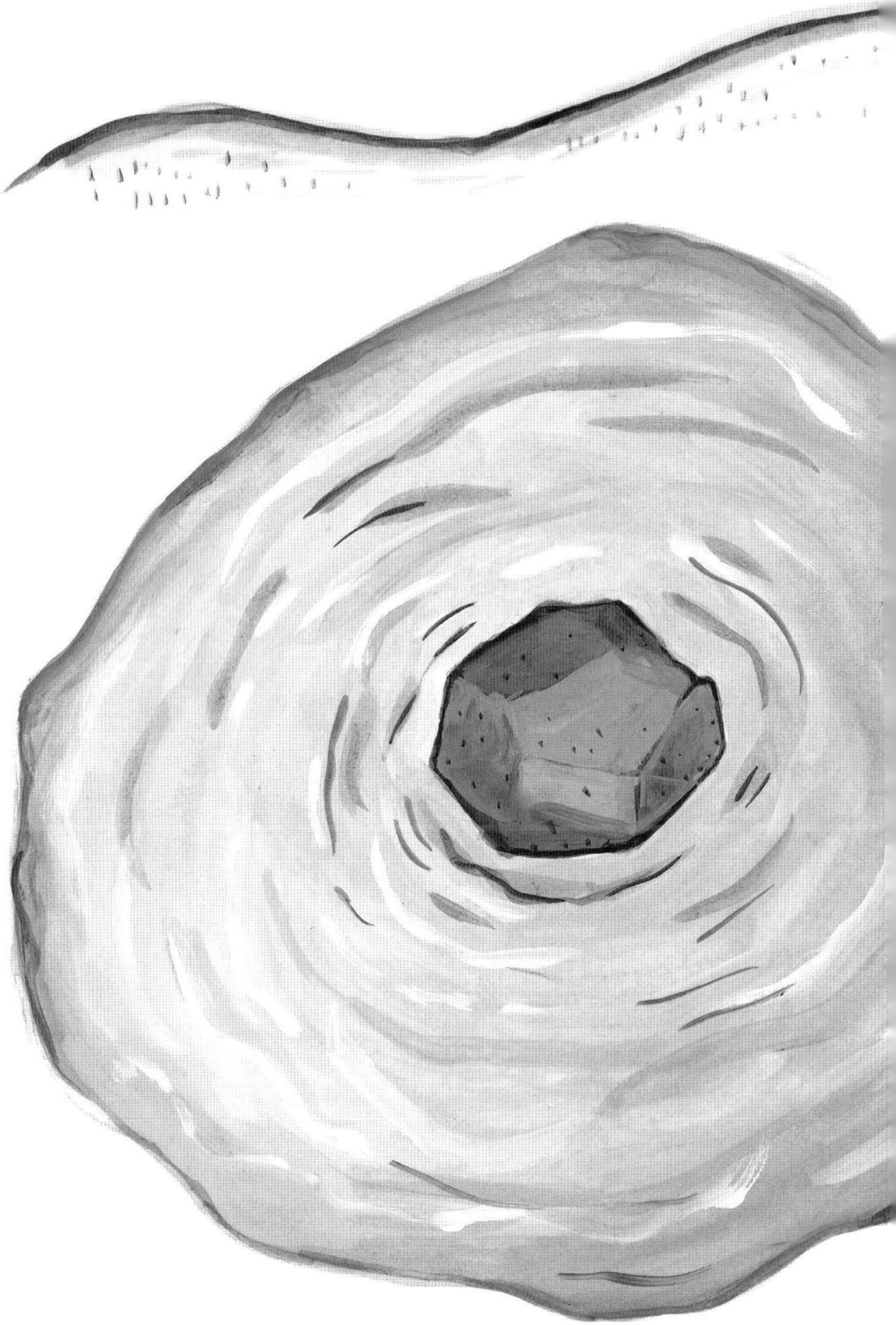

ライオンのおじいさんは、池《いけ》に　たずねました。

「あのう、池《いけ》さん。そのいわは　なんでしょうか？」

「へそ」

池《いけ》は　はずかしそうに　こたえました。

「へそねえ」

ライオンのおじいさんは、そのいわが　どこから
きたのかは　ききませんでした。

たぶん、たまたま　空《そら》から　おりてきたのでしょう。

内田麟太郎………うちだ　りんたろう
1941年、福岡県大牟田市生まれ。
絵本に、『ともだちや』(偕成社)『がたごとがたごと』(童心社)
『十二支のおはなし』(岩崎書店)。童話に『ふしぎな森のヤーヤー』(金の星社)
『ぶたのぶたじろうさん』(クレヨンハウス)。
詩集に『ぼくたちはなく』(PHP)『しっぽとおっぽ』(岩崎書店)など多数。

日隈みさき………ひのくま　みさき
1986年生まれ。三重県四日市市出身。
大阪デザイナー専門学校を卒業後、関西を中心に活動。
第13回ピンポイント絵本コンペにて、最優秀賞を受賞。

ともだちがいるよ!③
ゴリラでたまご
●●●
2013年3月15日　第1刷発行

作者●内田麟太郎　画家●日隈みさき
装丁●こやまたかこ

発行者●玉越直人
発行所●WAVE出版
東京都千代田区九段南4-7-15　〒102-0074
電話 03-3261-3713　FAX 03-3261-3823　振替 00100-7-366376
E-mail　info@wave-publishers.co.jp
http://www.wave-publishers.co.jp

印刷●加藤文明社
製本●若林製本

NDC913 79p 22cm　ISBN978-4-87290-932-6

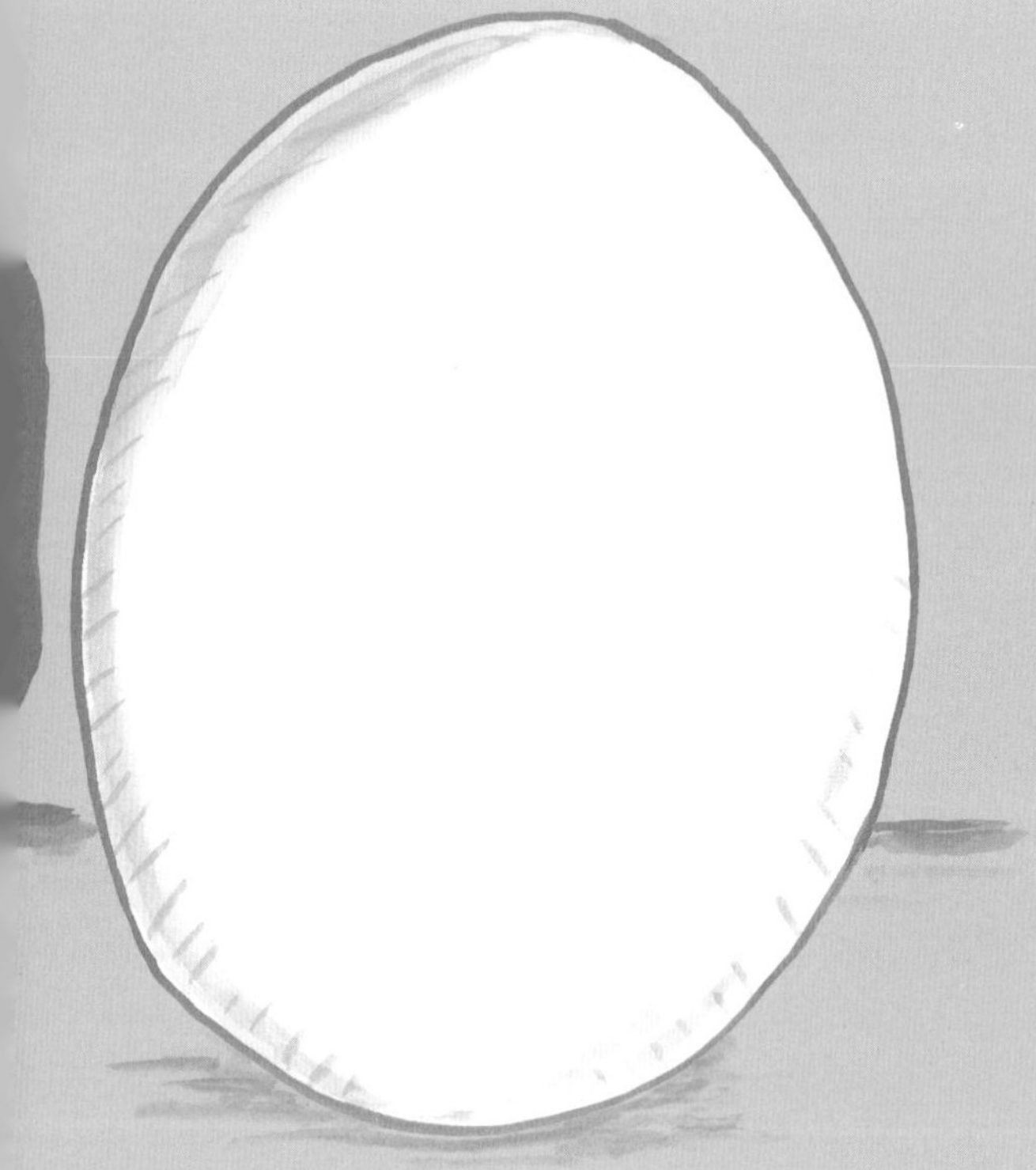